APRENDIZ DE CABALLERO

Date: 5/9/19

UN OSO MUY LATOSO

EDELVIVES

Traducido por Alejandro Tobar
Título original: *Knight in training. A very bothersome bear*

Publicado por primera vez en el Reino Unido
por Hodder Children's Books en 2015

Edelvives Talleres Gráficos. Certificado ISO 9001
Impreso en Zaragoza, España

ISBN: 978-84-140-0636-8
Depósito legal: Z 1643-2016

Para Duncan y Charlie, con cariño
V. F.

Para Nika Sunajko
D. M.

Sam J. Butterbiggins
y Dandy, el pájaro garabato

Dora

Prunella

Beezer

Weebles

Septimus Sprockit

Tío Archibald

Tía Eglantine

ÍNDICE

A PRIMERÍSIMA
HORA

Querido diario:

Todavía es muy TEMPRANO, pero estoy demasiado nervioso para seguir durmiendo.

¿Sabes? ¡Tengo un caballo! ¡Mi propio corcel blanco como la nieve! Esa es EXACTAMENTE la montura sobre la que cabalgan los más nobles caballeros; y yo lo que más deseo en el mundo es convertirme en un noble caballero para realizar buenas acciones.

Sam cerró su diario y echó un vistazo al otro
extremo de su habitación, donde el pájaro
garabato dormía a pierna
suelta.

—¿Qué hora es, Dandy? ¿Ya
es hora de levantarse?

El pájaro garabato pegó un
salto.

—¡CROO!

Y, por si no había quedado claro, escondió la
cabeza bajo el ala y se puso a roncar.

Sam dejó escapar un suspiro y volvió a coger
la pluma.

Voy camino de convertirme en caballero.
Mi fiel compañera (me refiero a mi
prima Prune) y yo encontramos un viejo

pergamino que nos dice cómo lograrlo. Es mágico: ¡sus letras resplandecen como el oro! Y son incandescentes, ¡queman si las tocas! Lo ha guardado Prune. Espero que tenga mucho, pero que mucho cuidado.

A la tía Egg no le hace NI PIZCA DE GRACIA escuchar al tío Archibald contar batallitas de cuando era un joven y noble caballero, así que no le podemos decir ni mu de todo esto. La tía Egg es muy estricta. Quiero pensar que por eso Prune a veces resulta inaguantable.

Sam se detuvo y releyó lo que había escrito. ¿Estaba siendo justo con Prune? Pensó que sí y continuó:

En todo caso, no me importa quedarme aquí, con la tía Egg y el tío Archibald mientras mamá y papá están fuera. Cuando llegué al Castillo Mothscale no me gustó nada. El bosque que lo rodea es oscuro y tenebroso, a veces parece que los árboles me saluden y se escuchan aullidos de lobo —bueno, estoy casi seguro de que son lobos— durante toda la noche. Pero ya me va gustando un poco más. Si no hubiera venido, no habría encontrado el pergamino, tampoco tendría una fiel compañera y mucho menos dispondría de un corcel blanco como la nieve.

Sam empezó a pensar en Dora, su enorme yegua

blanca. No estaba muy lejos y, si le dejasen, dormiría con ella en el establo.

Por supuesto, la tía Egg se había opuesto a semejante ocurrencia.

—En los establos solo viven los caballos —sentenció—. Tú, Sam, vives en el Castillo Mothscale. Tienes una habitación estupenda, y quiero que vayas ALLÍ ahora mismo.

Sam obedeció sin rechistar. La única persona que alguna vez se atrevía a discutir con la tía Egg era Prune. Sí, Sam se había ido a la cama, pero le resultaba imposible dormirse. ¡Él tenía una yegua! ¡Y Prune a su poni Weebles! Sin duda, a partir de ahora sería MUCHO más fácil llevar a cabo sus misiones; y no tardaría en convertirse en un auténtico caballero… Prune y él podrían cabalgar juntos, incluso adentrarse en el bosque; y quién sabe qué clase de aventuras les aguar…

¡PUM!

Algo golpeó la ventana de Sam y le hizo ponerse en pie de un brinco. La tinta se desparramó sobre el diario, y poco faltó para que el bote entero cayese al suelo y se rompiese en pedazos.

¡PUM!

Sam corrió hasta la ventana, la abrió y miró afuera. En la penumbra que reina durante las primeras horas de la mañana, solo pudo vislumbrar a Prune, quien, a lo lejos, lo saludaba desde el patio. Cuando distinguió la cabeza de Sam, su saludo se transformó en aspavientos. Sam sonrió y levantó el pulgar en señal de aprobación. Prune le correspondió con un gesto y se dirigió al establo.

—¡Dandy! ¡Dandy! —Sam propinó una leve sacudida al pájaro garabato—. ¡Prune me está esperando!

—¡CROO! —rezongó el pájaro garabato.

—Está bien —transigió Sam—. Te veré luego.

Y, tras ponerse los zapatos, salió corriendo de su cuarto.

PRIMERO, DAD CAZA
AL CASTILLO

Cuando Sam llegó al establo, unos cuantos pájaros madrugadores comenzaban a trinar, pero, por lo demás, reinaba el silencio. Prune salió de uno de los boxes.

—Pensé que no llegarías NUNCA —dijo a modo de saludo—. ¿No te interesa lo que pone en el pergamino? He sido buena y aún no lo he mirado. Ni siquiera de refilón.

Sam optó por no mencionar que, aunque Prune le hubiera echado un vistazo, el pergamino no le habría dicho gran cosa. La siguiente misión consistía en algo que debían hacer juntos.

—Venga, vamos —la apremió—. ¿Dónde lo tienes?

—Aquí. —Prune señaló el box de su poni—. Weebles lo guarda a buen recaudo. No quería que mamá lo encontrase… Ya sabes cómo se pone con todo lo que se refiere a caballeros y aventuras…

Sam lo sabía muy bien. El mero pensamiento de que la tía Egg pudiera encontrar el pergamino le provocaba un tembleque en las rodillas.

—Bien pensado —admitió.

—Se me da MUY BIEN pensar. —Prune rebuscaba en el pesebre de su poni mientras hablaba—. Está en algún sitio debajo de este heno… ¡Sí! ¡Aquí lo tengo! —Agitó en el aire el viejo pergamino—. Desenrollémoslo juntos.

El aprendiz de caballero y su fiel compañera desplegaron con sumo cuidado la lista de tareas. Empezaron leyendo la introducción, ya que la introducción siempre estaba allí.

Saludos a todo aquel que desee convertirse en un auténtico noble caballero.

Por la presente, consignamos, en estricto orden, las misiones que han de realizarse para lograrlo.

Prune gruñó:

—Lo va a hacer otra vez. ¡Nos va a decir que tengamos paciencia! SIEMPRE la misma cantinela. ¡Venga ya, pergamino! ¡Estamos esperando! ¡Asígnanos una misión!

—Dale tiempo —comentó Sam—. Antes tiene que calentar un poco… ¡Mira! ¡Ahí está!

Ambos jóvenes se inclinaron sobre el pergamino y, muy lentamente, letra a letra, fue apareciendo un mensaje dorado y reluciente.

Segunda misión. El aprendiz de caballero y su fiel compañera deberán encontrar una valiosa espada. ¡No temáis! ¡Podéis lograrlo! Primero dad caza al castillo y la espada será vuestra.

—¿Qué? —Prune miró detenidamente el pergamino—. «¿Dad caza al castillo?». ¿De qué está hablando?

Sam sacudió la cabeza y respondió:

—No tengo ni idea. —Y mientras pronunciaba estas palabras, las letras empezaron a esfumarse, de modo que volvió a enrollar el viejo papel—. ¿Dónde vamos a encontrar un castillo? ¿Y cómo haremos para darle caza?

—Hay montones de castillos por esta zona, pero todos están quietos. Por lo menos hasta ahora. —Prune se puso a contar con los dedos—. Estamos en el Castillo Mothscale; también existe el Castillo Scratch, y no muy lejos tenemos el de la abuela, en Hollowfoot; además del Castillo Puddlewink, donde viven los primos chiflados de mamá. Con estos ya van cuatro. Pero nunca he oído que alguno de ellos se moviera lo más mínimo… —De pronto,

su rostro se iluminó—. ¡Espera! ¿Y si buscamos
en el bosque? Los árboles se mueven; así que,
¿por qué no iba a hacer lo mismo un castillo?

—Aunque lográsemos encontrar un castillo
capaz de moverse, sigo sin entender cómo
podríamos atraparlo —apuntó Sam mientras se
frotaba la oreja y se preguntaba si debería
mencionar el tema de los lobos.
¿Pensaría Prune que era un
cobarde? La tía Egg había
dicho que esa clase de
cosas no existían, aunque
también aseguraba que
no había árboles
andantes y
Sam había
visto uno
con sus
propios
ojos.
¿Y qué
decir de

los aullidos…? Se escuchaban CIENTOS cada noche.

Sam se estremeció. ¡Era un aprendiz de caballero! Los aprendices de caballero NO se acobardan.

—Puede que tengas razón —aceptó—. Tal vez deberíamos empezar a buscar por el bosque.

—Pues claro que tengo razón. —Prune tomó el pergamino de manos de su primo y lo guardó con cuidado bajo el montón de paja—. Será divertido. Tú puedes ir montado en Dora. ¡Yo iré a lomos de mi querido Weebles!

—Estupendo —celebró Sam—. Voy a por una silla de montar.

Veinte minutos más tarde, Sam estaba a lomos de Dora y salían al patio, donde los aguardaba Prune.

—Weebles y yo estamos listos hace horas —refunfuñó—. Habéis tardado siglos.

—Tenía que buscar una cosa —explicó Sam, y a continuación señaló el rollo de cuerda colgado frente a su silla—. Pensé que quizá podríamos necesitarla.

—¡Oh! —Prune se mostró reacia a admitir que, en efecto, aquella no era mala idea—. Bueno… ESTÁ BIEN, pero más nos vale irnos ya. Mamá no tardará en levantarse para dar de comer a los animales.

—¿Y si no llegamos a tiempo para el desayuno? —se inquietó Sam—. ¿No se preguntará dónde estamos?

Prune lo miró con complacencia y le explicó:

—He dejado una nota avisándola de que pasaremos el día fuera para estudiar la naturaleza. A mamá le entusiasma. Ya me entiendes: las campanillas, los nenúfares y todas esas tonterías. Con tal de que le traigamos un ramo de flores, estará encantada con nuestra salida.

Sam asintió y, al trote, dejaron atrás el castillo todavía dormido. Sam estaba nervioso; era la primera vez que montaba a lomos de su corcel blanco como la nieve. Que Dora se detuviese continuamente para masticar aquí unas hojas o allí algo de hierba no le molestaba en absoluto; era suya, eso era lo importante. Sam empezó a silbar alegremente hasta que Prune lo fulminó con la mirada.

—¡Chis! ¡Deberíamos guardar silencio! —advirtió, y Sam emitió un último silbido de reclamo para el pájaro garabato.

Cuando se aproximaban a la entrada del bosque, Dandy apareció volando y se unió a ellos.

—¡CROO! —profirió entre bostezos.

—¡No es tan temprano! —respondió Sam—. Y además necesitamos tu ayuda, Dandy… ¡Tenemos que atrapar un castillo! ¿Podrías sobrevolar el bosque y echar una ojeada a ver qué encuentras?

El pájaro garabato se rascó la cabeza.

—¡CROO!

—Sí, eso decía el pergamino —aclaró Sam—. Tenemos que atrapar un castillo y después encontraremos una valiosa espada.

—¡CROO!

El pájaro garabato albergaba algunas dudas, pero extendió sus alas y se elevó hacia el cielo.

—Resulta muy útil —dijo Prune—. ¿De dónde lo has sacado?

Sam sonrió.

—Es un regalo de mi madre y de mi padre. Se supone que tiene que cuidar de mí y recordarme que me lave los dientes, que me limpie bien la parte de atrás de las orejas, que escriba mi diario… y cosas por el estilo. Pero es más como un amigo, la verdad.

Prune dio una palmada sobre el cuello de su poni.

—Igualito que Weebles y yo.

Sam iba a darle la razón cuando, de pronto, Dora irguió el pescuezo y erizó las orejas.

Weebles repitió el gesto. Sam y Prune
contuvieron la respiración y escucharon
atentamente.

Al principio, tan solo alcanzaban a oír los
sonidos habituales del bosque: hojas que crujen,
pájaros que trinan, el viento que sopla entre
los árboles… Pero a medida que la yegua y
el poni avanzaban a paso lento, Sam y Prune
comenzaron a percibir un sonido menos
habitual: se oían murmullos y refunfuños y
gruñidos, y según se internaban en el bosque,
los gritos se hacían más intensos y más violentos.

—¡Bichos a la batalla! ¡Botellas con babas!
¡Botas embarradas!

SEPTIMUS SPROCKIT

Ni Dora ni Weebles parecían asustados con los alaridos. Sam miraba a izquierda y derecha sin conseguir averiguar de dónde procedía el griterío. Daba la impresión de que venía de ambos lados…

Un instante después descubrió una figura pequeña y encorvada vestida de rojo que tiraba con ahínco de su larga barba blanca, atrapada por un hacha clavada en el tronco caído de un árbol. Parecía llevar allí bastante tiempo, pues la hierba ya estaba aplanada a su alrededor de tanto pisotearla, y su rostro empezaba a adquirir una tonalidad violácea.

Estaba demasiado enfadado para percatarse de la presencia de Sam y de Prune, que se dirigían hacia él sobre sus monturas; solo cuando Sam se deslizó por el trasero de Dora y se colocó delante de él, el hombre se dio cuenta de que tenía compañía.

—¡Ja! —masculló—. ¿Venís a curiosear? ¿A mirar? Llamadme tonto, ¡adelante! ¡Tiradme palos y piedras! ¡Id a contárselo a vuestros amigos! Septimus Sprockit se ha puesto en ridículo. Intento cortar un poco de leña ¿y qué consigo? ¡Pillarme la barba! —Y volvió a su particular sucesión de tirones.

Sam analizó la situación.

—Ejem… —carraspeó—. Veamos… ¿Puedo ayudarte?

—¿Ayudarme? —Septimus Sprockit paró un momento y miró fijamente a Sam—.

¡Por Wittlespit! ¿Por qué habrías de ayudarme? ¡Que sepas que yo no concedo deseos! Aquí no hay botellas mágicas ni brebajes. Se me acabaron hace años. A todo esto, ¿quién eres tú? ¿Y quién es esa chica?

—Soy Sam J. Butterbiggins, aprendiz de caballero. —Sam hizo una reverencia—. Y ella es Prune, mi fiel compañera.

El enano se rio burlón.

—¿Aprendiz de caballero? ¿Fiel compañera? ¡Ya, ya! He conocido a algunos caballeros. No sirven para nada. Entran con arrogancia en nuestros bosques y…, ¿qué es lo que hacen? Alardear de sus grandes hazañas y presumir ante todos los habitantes del bosque.

Prune se aproximó a lomos de Weebles.

—Si tan inútiles somos, nos marchamos. ¡Venga, Sam!

Sam vaciló.

—Bueno… podríamos intentar liberarlo —sugirió.

Septimus Sprockit resopló.

—¿Quién, TÚ? ¡Pero si no eres más que un CHIQUILLO! Si yo no soy capaz de sacarla (y que sepas que tengo tanta fuerza como diez de tus aguerridos caballeros), tú jamás podrás.

—Yo no —apuntó Sam mientras observaba la posición del hacha—, pero Dora sí.

—¿Dora? ¿Quién es Dora? —El hombrecillo lanzó una mirada a Prune—. ¿Te refieres a tu fiel compañera? Ella no sirve para esto. ¡No sería capaz ni de cascar un huevo!

Sam dio la callada por respuesta. Fue a por la cuerda, ató uno de sus extremos alrededor del mango del hacha y el otro a la silla de montar de Dora.

—Venga, chica —la alentó—. ¡Tú puedes!

Dora, acostumbrada a remolcar un pesado carruaje, no se quejó. Se reclinó sobre la cuerda y tiró…

Y tiró…

Y…

¡PUM!

El hacha se desprendió del tronco, salió disparada por los aires y fue a parar a un zarzal lleno de espinas.

—¡Hurra! —exclamó Prune, al tiempo que Septimus se precipitaba hacia atrás, con su barba al fin libre.

—¡Bien hecho, Dora!

El enano la miró airado.

—¿Se puede saber quién va a ir ahora a buscar mi hacha?

Es la segunda que pierdo. La última vez que un caballero se dejó caer por aquí, mi hacha de acero de doble hoja acabó en el quinto infierno y no conseguí dar con ella. Entrometerse, nada más que entrometerse. ¡Eso es lo único que saben hacer los humanos!

Prune se cruzó de brazos y clavó su mirada en el enano.

—Eres un hombrecillo muy grosero. Por lo menos podrías dar las gracias.

Septimus bufó.

—¿Gracias por qué? ¡Era un hacha con hoja de cobre de primera calidad, y ahora anda perdida en medio de un arbusto! Además, yo nunca agradezco nada a nadie. Eso es algo que no hacemos los enanos. Apuesto mi barba a que me habéis ayudado porque queréis algo a cambio.

—No queremos nada —aseguró Prune, aunque decidió probar suerte—: A menos que... sepas decirnos dónde está el castillo que se mueve...

—¿Lo veis? —se enfureció Septimus—. ¡Sí que queréis algo! Perdéis mi hacha y después venís pidiendo favores. ¡Típico!

Prune hizo caso omiso de sus palabras.

—Vale, ya encontraremos el castillo por nuestra cuenta. Vamos, Sam, en marcha.

—Dame un minuto —pidió Sam, y se puso a enrollar la cuerda.

Tan pronto como liberó el extremo, el hacha de hoja de cobre apareció, y el enano se abalanzó sobre ella lanzando un alarido. Prune levantó una ceja.

—¿Y ahora qué? ¿Nos vas a dar las gracias? —preguntó.

Septimus negó con la cabeza.

—Tú no escuchas cuando te hablan, ¿verdad? ¡Nunca doy las gracias!

Y sin decir ni una palabra más, empezó a caminar con paso firme. Acto seguido, se abrió una pequeña puerta en un roble cercano, el enano se apresuró a entrar por ella, y cuando se cerró, no quedó ni rastro de que allí hubiera una entrada.

Sam silbó.

—¡Guau! ¡Qué pasada!

Prune frunció el ceño.

—¡Ja! Has hecho una buena acción, pero a ese hombre antipático le ha importado un rábano.

¡PUM!

Se abrió una ventana en lo alto del tronco del roble, y el enano asomó la cabeza.

—No he dicho que no me importara, señorita sabelotodo. Si pretendéis atrapar el castillo, más os vale daros prisa. Debéis descender por el sendero, desviaros a la derecha al llegar al árbol sagrado y después continuar colina abajo hasta el río. Con un poco de suerte, os dará tiempo. Sin ella, ¡tanto peor para vosotros!

Y desapareció de nuevo para dar paso a un desconcertante silencio.

—¡Eh! ¿Qué cosa vosotros haber hecho por Septimus? —resonó una voz ronca, procedente de no se sabe dónde—. Él nunca hacer nada por nadie. Él ser enano con muy malas pulgas.

Sam y Prune miraron a su alrededor y descubrieron a un enorme oso pardo apoyado en un pino. Parecía simpático, aunque Sam no pudo evitar fijarse en sus largos colmillos osunos y amarillentos. El corazón casi le da un vuelco.

Prune, por el contrario, parecía encantada.

—¡Hola, Beezer! ¿Qué haces tú por aquí?

El OSO se encogió de hombros.

—Dar un paseo.

Prune se volvió hacia Sam.

—Sam, este es Beezer. Fue huésped de mamá durante muchos años, ¿verdad, Beezer? —dejó escapar una risilla—. La señora Gherkin nunca abonaba sus facturas pendientes, y mamá se enfadaba un montón.

Beezer asintió.

—¡Enfadada como avispas en tarro!

—Al final mamá le dijo a la señora G que si no pagaba lo que le debía, tendría que liberar a Beezer.

—¡Sipi! —el oso aplaudió con sus garras—. Y mi señora G decir: «¡Beezer incordio! ¡Mejor si va a vivir en bosque! ¡Así no costar dinero!».

Y a Beezer gustar bosque mucho muchísimo.

—Beezer asintió de nuevo con la cabeza y soltó un hondo suspiro—. Pero a Beezer no gustar Septimus. Él cascarrabias. Decir largo de aquí a Beezer, volver con señora y ser oso de noble estirpe de nuevo, no oso de bosque. Aplastar los pobres dedos de pie de Beezer, agarrar hocico de Beezer ¡y doler! Decir a otros enanitos y duendes y gigantes: «¡No hablar con Beezer!», y Beezer hacer esfuerzos y más esfuerzos para a Septimus gustar, y de nada servir. ¡Pero Septimus ayudar a vosotros! ¡Ser milagro! ¿Qué ser lo que vosotros haber hecho?

—A Septimus se le había quedado atrapada la barba entre el hacha y el tronco —le explicó Prune—. Dora, la yegua de Sam, tiró del hacha hasta conseguir sacarla.

El oso parecía impresionado.

—Oh, debe de ser fuerte fortísima.

—Lo es. —Sam dio una palmada sobre el cuello de Dora antes de subir de nuevo a su grupa—. Si nos disculpas, debemos partir cuanto antes para llegar al río.

—Sipi —corroboró el oso—. Beezer también ir.

—Oh… Eh… De acuerdo. —Sam trató de mostrarse complacido, aunque se preguntaba qué tendría en mente el oso. Beezer no le quitaba ojo a Dora. ¿Acaso la admiraba? Sam prefería pensar

que aquel gesto que había observado en su nuevo acompañante era de admiración.

Prune percibió la duda en las palabras de Sam.

—Deja de preocuparte, Sam —lo tranquilizó—. Beezer no haría daño ni a una mosca, ¿verdad, Beezer? —Y mientras decía esto, sacudió las riendas y emprendió un enérgico trote sendero abajo—. ¡Vamos!

Beezer avanzaba a grandes zancadas detrás de Prune, y Sam se calmó al comprobar que Dora parecía contenta tras los pasos del oso. Obviamente, la yegua consideraba que todo discurría sin contratiempos, así que Sam se relajó. Incluso cuando el camino se ensanchó y Beezer retrocedió para colocarse a su lado, la gran yegua blanca no mostró el menor síntoma de nerviosismo.

Sam se sintió muy orgulloso de su corcel blanco como la nieve mientras descendían por la colina.

«Es una yegua maravillosa —se dijo—. Pronto atraparemos el castillo, y después conseguiré mi espada».

UN ATAJO...
¿O NO?

Sam estaba echando un vistazo entre los
árboles cuando Beezer se detuvo y le preguntó:

—¿Tú buscar río? Beezer enseñar camino
rápido. ¡Rápido rapidísimo!

—Pero Septimus dijo que tan solo debíamos
ir colina abajo —objetó Sam.

El oso negó con la cabeza.

—¡Enano MALO! Él no
decirte camino rápido,
¡pero Beezer conocer!

—¡Eh, Prune!

—vociferó Sam—.
Beezer dice que
conoce un atajo
para ir al río.
¿Tú qué opinas?
¿Lo tomamos?

Prune hizo girar a su poni.

—¡Pues claro! ¡Seguro que Beezer conoce el bosque como la palma de su garra!

—Vosotros seguir a mí —propuso el oso, y se metió por una vereda cubierta de hierba que se desviaba del sendero principal.

Sam estaba casi seguro de haber observado cómo el oso se reía entre dientes, pero prefirió no dar crédito a sus sospechas. Al principio, parecía como si el nuevo camino condujese al lugar correcto, pero diez minutos más tarde ya no estaba tan convencido. Habían dado muchas vueltas en una y otra dirección, tantas que ya no sabía qué rumbo estaban siguiendo. Lo que originalmente era una senda estrecha se había bifurcado en varias ocasiones, y todavía no veían ni rastro del río. Avanzaban en fila india por senderos muy poco transitados, casi inexistentes, y Beezer apuraba el paso cada vez más. Dora se veía obligada a galopar para no retrasarse, y Sam escuchaba con claridad el ruido de pasos producido por las pezuñas de Weebles a sus espaldas.

—¡Beezer! —gritó Prune—. ¿Cuánto falta para llegar?

El oso no respondió. Se limitó a volver a girar a la derecha y luego a la izquierda hasta que por fin se detuvo.

—¡Aquí es! —anunció.

Sam y Prune pestañearon sorprendidos. Se encontraban en un claro del bosque, rodeados por árboles de altas copas; parecía ser el mismísimo corazón de la foresta.

—¿Dónde estamos? —preguntó Prune mirando a Beezer—. ¡Pensaba que nos estabas llevando hasta el río por un atajo!

—Eso es. —Sam frunció el ceño—. ¿Qué sitio es este?

El oso agarró las riendas de Dora.

—No río. ¡Beezer necesitar ayuda! Por favor…, ¿fuerte fortísima Dora ayudar a Beezer?

—¿Ayudarte? —Sam se esforzó en mantener la calma—. Verás, ¡de verdad, DE VERDAD, necesitamos llegar al río! ¡Creía que TÚ nos estabas ayudando a NOSOTROS!

—¡Hemos confiado en ti, Beezer! —Prune espantó con la mano a una abeja que rondaba por su cabeza—. ¿Qué clase de juego es este?

Beezer señaló a la abeja y justo después a un viejo roble. En lo alto, entre dos ramas, se veía un profundo agujero con cientos de abejas volando alrededor, que entraban y salían constantemente.

54

—¡Fuerte, fortísima Dora echar árbol abajo! Ser árbol de miel... ¡pero demasiado alto para Beezer!

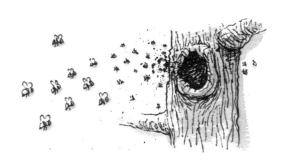

Dora echar abajo, luego Beezer llevar a Septimus Sprockit regalo de miel, ¡y a Septimus gustar otra vez Beezer! —El oso tiró de las riendas—. ¡Por favor!

Sam clavó su mirada en él, horrorizado.

—¿Tirar el árbol? ¡No tenemos tiempo! ¡Debemos atrapar el castillo!

—Dame un minuto. —Prune, perspicaz, miró a Beezer—. ¿Qué le hiciste a Septimus? Creí que no te gustaba porque era un gruñón, pero acabas de decir «gustar OTRA VEZ Beezer»... ¿Es que lo enfadaste?

El hocico de Beezer se puso de color rosa, y Sam supuso que, tras su pelaje, se había ruborizado de vergüenza.

—Fue accidente —murmuró el oso—. Beezer tenía trabajo en bosque. Trabajaba para Septimus, mucho tiempo. ¡Buen trabajo! Pero Septimus pedir a Beezer trepar por árbol para buscar miel (a él ENCANTAR miel), y Beezer cometer pequeño error. Dejar caer rama en cabeza de enano. Sin querer. Para nada a propósito.

—Entiendo. —El rostro de Prune dejaba ver su desaprobación, y a Sam le recordó a la tía Egg—. ¡Así que decidiste hacernos una jugarreta trayéndonos aquí!

—Echar árbol abajo, ¡después Beezer atrapar castillo para vosotros! —Beezer trató de empujar a Dora hacia el árbol—. ¡Ser promesa! ¡Verdadera y gran promesa! ¡Por favor, ayuda! ¡POR FAVOR!

Un sentimiento de incomodidad se estaba apoderando de Sam. No había ninguna duda de que el oso estaba confundido y muy nervioso, así que… ¿Necesitaba que alguien hiciera por él una buena y noble obra? Sam se frotó la oreja mientras lo sopesaba. ¿Realizaban los caballeros nobles acciones en favor de alguien que no había sido precisamente sincero? ¿O eso ya invalidaba que la acción fuese noble? ¿Y qué ocurre si llevar a cabo una noble acción implica perder la oportunidad de cumplir una misión…, una misión imprescindible para que te conviertas en un noble caballero? ¡Menudo lío!

Entonces, mientras Sam trataba de aclararse, Beezer soltó las riendas de Dora, se sentó y

rompió a llorar. Las
lágrimas rodaron por
sus peludas mejillas e
hicieron ¡plaf! contra el
suelo. Beezer no paraba
de sollozar.

—¡Beezer muy triste!
Nadie hablar con él.
Septimus decir a todo el
mundo: «¡Oso MALO!». ¡Pobre, pobre Beezer!

—¡Oh, vaya! —exclamó Sam—. Mira, Beezer:
llorar no te servirá de nada. Y tampoco tratar de
engañar a la gente para que te ayude. ¿Por qué
no nos lo pediste?

Prune seguía con la misma mirada recelosa
de la tía Egg.

—Apuesto a que no le dijiste a Septimus que
lo sentías, ¿a que no?

El oso lanzó un lastimoso alarido.

—¡Él muy, muy, MUCHO
enfadado! ¡Beezer corrió!

—Eso es lo mismo que yo…

Sam estaba a punto de decir que él habría actuado igual, pero en ese instante notó la severa mirada de Prune sobre él y cambió de idea. Inhaló una bocanada de aire y tomó una decisión: se despidió mentalmente de su valiosa espada y resolvió que era más importante realizar esta buena acción.

—Veamos, Beezer. Escúchame bien: yo soy un aprendiz de caballero y Prune es mi fiel compañera; juntos hacemos buenas acciones. Te ayudaremos a conseguir la miel, pero tendrás que disculparte ante Septimus. Explícale que no era tu intención dejar caer una rama sobre su cabeza, dile que fue un accidente y que lo sientes mucho, y que nunca más volverás a hacer nada que...

—¡Pero, Sam...! —Prune se encolerizó—. ¡No podemos hacer buenas acciones por alguien que cuenta mentiras tan gordas!

—¡Auuuuuuu! —El lamento de Beezer se oyó bien alto—. ¡Auuuuuuu!

Sam rechazó con la cabeza las palabras de su prima.

—Sí que podemos. Estoy seguro de que se disculpará.

—¿Ese oso? ¿Disculparse? ¡Cuando las ranas críen pelo!

Sam se sobresaltó al oír aquella voz a sus espaldas. Hizo girar a Dora y descubrió a Septimus Sprockit asomado a una ventana que había aparecido de pronto en una de las ramas más altas del árbol.

—¡Nada se le da bien! ¡Miradlo! ¡Ved la mole llorica que está hecho! —La ventana se cerró con un golpe seco, y tanto el enano como la ventana se esfumaron.

—¡Ay, cielos! —exclamó Sam—. A Septimus no le hace mucha gracia Beezer, ¿verdad?

—Te lo dije… —intentó replicar Prune, pero la interrumpió el pájaro garabato, que llegó graznando sonora y vivamente por entre los árboles.

—¡Croo! ¡Croo! ¡Croo!

Prune se inclinó hacia delante.

—¿Qué dice?

—¡Bravo! —Sam alzó un puño al aire—. ¡Dice que ha dado con el castillo, y que estamos a tiempo de atraparlo!

SEGUIR AL
PÁJARO GARABATO

—¡Hurra! —se alegró Prune, y levantó el pulgar como muestra de júbilo—. ¡Vamos allá!

Entonces sonó el lastimero gemido de Beezer:

—¡No ir! ¡Ayudar a pobre Beezer!

—¿De cuánto tiempo disponemos? —preguntó Sam a Dandy.

El pájaro garabato se encogió de hombros.

—¡CROO!

—Eh… —Sam se rascó el cogote mientras intentaba pensar qué hacer. Quería ayudar al oso… pero si pretendía atrapar el castillo, el tiempo corría en su contra. Se volvió hacia Beezer—. Dandy dice que debemos darnos prisa… Así que, ¿por qué no nos acompañas? Te ayudaremos en cuanto acabemos.

Beezer se secó una lágrima que pendía de la punta de su hocico, mientras sopesaba la propuesta de Sam.

—Beezer ayudar a vosotros… ¿después vosotros ayudar a Beezer?

Prune resopló.

—¡Eso no lo tengo yo tan claro! ¡Tendrás que ser de GRAN ayuda para compensarnos por tus mentirijillas!

El oso pareció molesto.

—Tú, mandona. ¡Como señora duquesa! Ella también mandona. —Beezer se puso de pie—. Beezer no querer caminar con chicas mandonas. ¡Beezer ir por su cuenta! ¡Beezer no necesitar subordinación! —Dirigió una última mirada a Prune y caminó enfadado hacia los árboles.

—¡Oh, cielos! —Sam observó ansioso la marcha del oso—. ¿Crees que estará bien?

—No haces más que angustiarte —lo recriminó Prune—. Claro que estará bien. Venga, pongámonos en marcha.

—¡CROO! —el pájaro garabato voló hasta el final del claro y les hizo señas batiendo las alas.

—¡CROO!

—Ya vamos —dijo Sam, que apremió a Dora para que avanzase al trote. Prune y Weebles los seguían de cerca.

Al principio, el pájaro garabato los guió por un camino estrecho que enseguida se ensanchó y permitió que ambos avanzasen a la par. Poco a poco, el bosque fue perdiendo frondosidad… hasta que, en una vuelta del camino, el río apareció ante ellos.

—¡Guau! —exclamó Sam al contemplar la corriente de agua—. ¡Qué clara está!

No le faltaba razón. El agua era del azul más cristalino que había visto jamás y resplandecía iluminada por la luz del sol. El cauce del río era considerable, lo flanqueaban árboles en ambas orillas y podía verse una isla fluvial en medio. Quizá más bien era una isleta llena de peñascos y de…

Sam resopló. No era una isla. O, cuando menos, no el tipo de isla al que él estaba acostumbrado. Tenía hierba, y arbustos, y rocas… pero se movía.

De hecho, flotaba… flotaba incesantemente río abajo.

Y se dio cuenta de que lo que veía no eran ni mucho menos rocas: era una muralla derrumbada, medio arco de piedra, las ruinas de una torre en espiral… Todo de un tamaño minúsculo.

—¡He ahí el castillo! —Prune sonreía—. Lo hemos encontrado.

—¡Qué pequeño! —Sam no podía disimular su perplejidad—. ¡Debieron de construirlo para albergar a gente diminuta! ¡Ni siquiera un conejo cabría por ese arco!

Prune le restó importancia.

—Pero sigue siendo un castillo, ¿no? ¿Cómo lo vamos a atrapar?

—Tendremos que atraerlo hacia la orilla —le explicó Sam a Prune, y mientras lo decía, empezó a desenroscar la cuerda—. Dandy... ¿puedes agarrar este extremo y atarlo a aquella torre?

Al pájaro garabato no le hizo mucha gracia.

—¿CROO?

Sam asintió con un movimiento de cabeza.

—Uy, perdona..., tú no puedes hacer nudos —dijo, y observó la cuerda un instante—. ¡Ya está! ¡Haré un lazo!

El pájaro garabato aplaudió la idea, y un momento después aleteaba en dirección a la isla con la cuerda en el pico.

Dejó caer el lazo sobre uno de los pilares
en ruinas y voló de regreso, mientras Sam
animaba a Dora a tirar con fuerza. La pequeña
isla se movió sobre las aguas cristalinas
en su dirección. Prune descendió

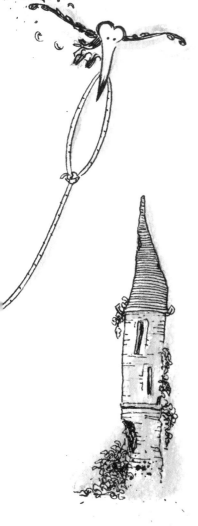

de un salto de Weebles
para ayudar a tirar de
la cuerda y llevar la isla
hacia la orilla.

—No veo una
espada por ningún sitio
—comentó Prune—.
¿La ves tú?

Sam estaba demasiado
ocupado guiando a Dora
como para responder,
pero a medida que la isla
se fue acercando, pudo
contemplar el aspecto del
viejo castillo en ruinas,
y cómo sus pequeñísimas
piedras se encontraban

recubiertas por un denso manto de musgo y líquenes.

—¡Ya casi la tenemos! —informó Prune—. Un esfuerzo más y listo. ¿Preparados? A la de una…, a la de dos…, a la de tres, ¡AHORA!

Dora, Sam y Prune tiraron al unísono.

¡CRAC!

La cuerda se rompió. Dora se tambaleó y fue a caer en una zona llena de ortigas; Sam se cayó de culo sobre un cardo, y Prune, con un grito, se abalanzó sobre él. La isla flotante, liberada,

comenzó a moverse en círculos, arrastrando
consigo la deshilachada cuerda.

—¡Oh, NO! —se lamentó Prune mientras
Sam y ella trataban de resolver el embrollo—.
¡La perderemos!

Sam se levantó, corrió hacia la orilla y,
tapándose la nariz, se zambuyó en el río de un
salto. Nadó al estilo perrito, salpicando con cada
brazada, hacia el trozo de cuerda, pero por más

que intentaba avanzar,
no lograba alcanzarla.

—¡Vamos, Sam! ¡Más
rápido! —gritaba Prune—.

¡Haz un esfuerzo o se nos escapará! Ya casi la tienes! ¡Más rápido!

Pero Sam no podía nadar más rápido. La ropa le pesaba demasiado, y las pequeñas olas del río golpeaban su rostro. Con un último impulso se estiró para agarrar el cabo suelto, pero un remolino de agua acabó por alejar definitivamente la isla. Desolado, empezó a nadar hacia la orilla, en donde esperaba su prima.

—Qué mala pata —farfulló—. No he podido alcanzarla.

Entonces reparó en los arbustos que había detrás de Prune. Un momento después, una figura de pelaje reconocible salió a toda prisa del bosque. Con un sonoro «¡Uiiiiii!», y tras pegar un gran salto, Beezer se zambulló en el agua. Su chapuzón salpicó aquí y allá, tanto que casi ahoga al debilitado Sam.

Mientras el aprendiz de caballero ganaba la orilla con dificultad, entre toses y escupitajos de tanta agua como había tragado, vio que el oso nadaba en dirección a la isla.

—¡SÍ! —Prune estaba fuera de sí—. ¡Venga, Beezer! ¡Vamos!

Sam se arrastró como pudo hasta los pies de su prima.

—¿De dónde ha salido? —preguntó.

—No lo sé —Prune sacudió la cabeza—.
¡Pero mira cómo nada! ¡Qué bien se le da!
¡Y sí! ¡SÍ! ¡Mira! Ha cogido la cuerda…
¡Y vuelve nadando! ¡HURRA! ¡Viva Beezer!

EN BUSCA DE LA ESPADA

Beezer tuvo que tomárselo con más calma cuando hubo de remolcar la isla hasta la orilla, pero poco a poco logró aproximarla a tierra firme. Mientras observaba su hazaña, Sam tenía que hacer esfuerzos para evitar sentir celos. Y no resultaba nada fácil. «Prune NUNCA dice que lo que yo hago esté bien», pensó, «y, en cambio, ahora mira con qué ímpetu anima a Beezer… ¡Cuando hace apenas unos minutos lo odiaba! No es justo. Se supone que ella es mi fiel compañera, pero lo único que hace es mandar. Yo me he esforzado todo lo que he podido. No es culpa mía no saber nadar muy bien...».

Cogió un trozo de algo que se le había enredado en el pelo, lo tiró y se volvió hacia su prima.

—El agua está muy pero que muy fría, ¿sabes? —dijo sin dejar de tiritar y rechinando los dientes.

—Corre un poco. Así entrarás en calor. —Prune seguía mirando a Beezer con admiración—. Pero antes ayudemos a Beezer a salir del río... deberíamos atar la isla para que no vuelva a alejarse flotando. ¿No te parece maravilloso que la haya atrapado?

Sam, calado hasta los huesos, con la sensación de que se cometía una tremenda injusticia, le lanzó airado:

—Lo he intentado, ¿sabes?

Los ojos de Prune se abrieron con gesto de sorpresa.

—¿De qué me ESTÁS hablando?

—He hecho todo cuanto he podido para atrapar el castillo —insistió Sam.

—Pues claro que sí, tonto. Eres un aprendiz de caballero, ¿no es cierto? SIEMPRE das lo mejor de ti. —Prune suspiró, exasperada—. ¿Por qué necesitas que te lo diga?

Sam, confuso, se apartó un mechón de pelo mojado de delante de los ojos.

—Porque piensas que Beezer es buenísimo y que yo no lo soy.

—¡No seas bobo! —exclamó Prune—. Eres un aprendiz de caballero, y yo tu fiel compañera. ¡Somos un EQUIPO! —aseguró,

y le dio a Sam una palmada en la espalda para
que todo quedase aclarado, aunque del golpe
casi lo manda otra vez al río—. He dicho que
Beezer es buenísimo porque ha acudido a
ayudarnos. —Miró de reojo a Sam—. Empezaba
a creer que era un cretino malvado, y no me
gusta cuando me equivoco.

—No —concordó Sam—. No te gusta.

—Pero casi siempre TENGO razón —afirmó Prune con rotundidad—. Y TENÍA razón con respecto a que Beezer es bueno. Aunque haya dicho que soy mandona, cosa que no soy PARA NADA. Vamos... ¡Ya ha llegado a la orilla!

Sam, reconfortado, siguió a su fiel compañera hasta el borde del río, en donde Beezer se esforzaba, entre jadeos, por salir del agua.

—Beezer atrapó castillo —anunció con orgullo el oso.

El animal dio un último tirón a la cuerda y la pequeña isla se detuvo con un leve balanceo justo delante de Sam y de Prune.

—¿Dónde crees que podría estar la espada? —preguntó Sam mientras observaba las torretas y las murallas en ruinas.

Prune hizo un gesto con la cabeza.

—Podría estar en cualquier sitio.

—¡Vosotros ir mirar! —los animó Beezer—. ¡Beezer vigilar castillo!

—¡Gracias, Beezer! —dijo Prune—. ¡Allá voy!

—Y de un salto cruzó el agua para aterrizar de golpe en la pequeña isla, lo que hizo que se meciera.

—¡Sí! ¡Ir buscar espada! —Beezer asintió, y se sentó sobre el extremo de la cuerda.

Sam dudaba. Era obvio que Prune confiaba en el oso, pero él no lo tenía tan claro. Dirigió una mirada a Dora. La yegua pastaba tranquilamente al lado de Weebles. A continuación, miró al pájaro garabato.

—¿Tú qué opi…?

Pero su pregunta quedó en el aire por el grito impaciente de Prune.

—¡VAMOS!

Sam suspiró y acto seguido inició la marcha, dejando atrás la orilla arenosa. Mientras, el pájaro garabato levantó el vuelo hacia lo alto de una rama.

—CROO —musitó, al acomodarse en su puesto de vigilancia—. CROO.

Tan pronto como Sam, caminando hacia atrás, puso un pie en la isla, esta se tambaleó

a izquierda y a derecha; lo que hizo que estirase
los brazos para mantener el equilibrio.

—No pasa nada —lo tranqulizó Prune—.
Es parecido a ir en piragua. Solo hay que andarse
con ojo. ¿Ves la espada por algún sitio?

Sam echó un vistazo alrededor. Observó que
la hiedra cubría las ruinas, y también reparó
en un par de arbustos raquíticos que crecían
al otro extremo de la isla, pero ni rastro de
escondrijos o de grietas que pudieran ocultar
una espada.

—¡Oh! —exclamó, al ver un reflejo metálico
entre la hiedra que estaba pisando—. ¿Qué será

85

esto? —se preguntó, y se inclinó para arrancar los tallos duros y ásperos de hiedra—. ¡Prune! ¡Aquí hay algo!

Prune acudió y se puso en cuclillas junto al joven; juntos arrancaron las robustas hojas.

—Esto no es una espada —aclaró—. El mango es distinto.

—Es un hacha —afirmó Sam, y acto seguido la desenterró y la alzó en el aire—. No es más que un hacha.

Su voz reflejaba una enorme decepción, pero Prune no le hizo caso y comenzó a tirarle del brazo.

—¿Qué está pasando? —resopló—. ¡Todo se ha vuelto verde! ¡SAM, ¿qué está sucediendo?!

Sam no sabía qué decir. De repente, una neblina verdosa y reluciente flotaba ante sus ojos, y hasta sus oídos llegaba el persistente sonido metálico de unas campanas. A medida que la niebla se iba disipando, descubrió cientos de diminutas figuras que lo miraban fijamente desde el castillo, que ya no estaba en ruinas.

Una pequeña bandera se izó alegremente en lo alto de la torreta, el arco derruido se había convertido en un puente que cruzaba el foso de agua azul brillante. Al instante, un tropel de caballeros vestidos con relucientes armaduras se acercó a galope; cada uno de quellos caballeros montaba sobre un ratón de campo. Al darse cuenta de que Sam los observaba, saludaron alzando sus picas del tamaño de alfileres y se oyó un tumulto de voces chillonas:

—¡Bienvenidos seáis tú y tu fiel compañera! ¡Os damos la bienvenida a la isla élfica!

Prune soltó una bocanada de aire.

—¡Elfos, Sam, son elfos!

Sam estaba demasiado fascinado como para responder. Una melodía de trompeta atrajo su atención, mientras un pequeño grupo se apiñaba en lo alto de la torre; ninguna de las figuras sería más grande que su pulgar. Una de ellas iba vestida de azul violáceo, llevaba una corona de oro y plata y un diminuto paje sostenía los faldones de su vestido.

—Sam J. Butterbiggins, aprendiz de caballero —anunció una voz cantarina como la de un pájaro—, y princesa Prunella, ¡su fiel compañera! ¡Nos habéis liberado de la maldición del acero, y por ello estamos en deuda con vosotros! El acero cayó sobre esta isla como un rayo hace ahora cincuenta años y nos sumió en la penumbra, pues el acero y los pueblos del País de las hadas no están hechos para vivir juntos. Durante cincuenta largos años hemos recorrido arriba y abajo el cauce de este río, a la espera de ser salvados... ¡Y ahora tú, Sam J. Butterbiggins, nos has librado de nuestras cadenas! ¡Eres nuestro héroe!

Sam tragó saliva.

—Eh... Gracias, majestad...

—masculló—. Pero... lo cierto es que no sabíamos lo que estábamos haciendo. —Miró el hacha que tenía entre manos—. Creo que esto debe de pertenecer a Septimus Sprockit, un enano...

La reina de los elfos frunció el ceño.

—Nosotros no queremos tener nada que ver con los enanos —le cortó furiosa, y volvió la cabeza—. Son criaturas mundanas y toscas, y amantes del acero. ¡Pero ahora lo que toca es compensaros! —y dio una palmada.

—Sam —le susurró Prune al oído—, creo que es aquí donde obtendrás tu valiosa espada.

Él también lo creía así; el corazón le latía desbocado.

—¡Aquí tienes tu recompensa! —anunció la reina, y le entregó algo pequeñito que brillaba a la luz del sol.

Con sumo cuidado, Sam se arrodilló y recogió aquel minúsculo objeto.

—Gracias —contestó educadamente, al tiempo que se percataba de que le había otorgado una moneda de plata—. Eh… sí, muchas gracias.

—Y ahora… —apremió la reina de los
elfos—. Ahora… ¡abandonad nuestra isla, seres
humanos! —Y se despidió agitando la mano.

Un hormigueo desagradable se extendió
por el brazo de Sam, y se le cortó la respiración.
Prune sintió lo mismo y lanzó un chillido.
Juntos, el aprendiz de caballero, que
agarraba el hacha con fuerza,
y su fiel compañera cruzaron
a la otra orilla de un salto;
allí Beezer dormía a pierna
suelta sobre la arena, con
la cuerda atada a su tobillo
peludo.

—¡Rápido! —Prune tomó
la cuerda para deshacer el nudo, y entonces se
escucharon las risillas de los elfos.

Cuando Sam y ella se volvieron para ver
qué ocurría, la isla, liberada de la cuerda, había
vuelto a alejarse surcando las aguas.

—¡Oh, no! —dijo Sam, tan decepcionado que
era incapaz de pensar en nada más.

HACHAS Y DISCULPAS

Prune tiró de la manga de Sam.

—¿Qué te ha dado la señora elfa? No tenía pinta de ser una espada.

Sam abrió la mano y le mostró la reluciente moneda élfica. Al hacerlo, esta se fundió y se convirtió en una simple gota de agua verdosa.

—¡Bah! —exclamó Prune de malas maneras—. ¡Menudo regalo de agradecimiento! ¡Tú le devolviste el castillo! ¡Solo eran ruinas y escombros!

—Bueno —dijo Sam, quien, tratando de pasar página, se echó el hacha a sus espaldas—. ¿Y ahora, qué hacemos? —miró hacia abajo, hacia Beezer y sus ronquidos—. Imagino que

querrá que le ayudemos a conseguir su miel.
Ese era el trato. Será mejor que lo despierte.

Sam se agachó, y al hacerlo notó cómo una
mano menuda y áspera lo
agarraba del brazo.

—¡Dame el hacha!

Sorprendido, Sam obedeció.
Septimus Sprockit colocó el
hacha de acero de doble hoja
entre sus brazos, la meció
como si se tratara de un bebé
y empezó a canturrear una
nana con escaso ritmo:

¡Mi pequeña! ¡Mi tesoro!

¿Has llegado por fin?…

Arrancó una hiedra que todavía colgaba del mango y levantó la mirada hacia Sam y Prune.

—¿Dónde la habéis encontrado?

—En la isla —contestó Sam.

—¡Y había elfos! —añadió Prune con énfasis—. ¡Cuando Sam cogió el hacha, aparecieron un montón!

—¿Elfos? —desconfió Septimus—. ¿Que los ELFOS tenían mi hacha? ¡Chorradas! ¡Los elfos detestan el acero! ¡Nunca lo tocarían! ¡El acero hace que se vuelvan majaretas!

—Dicen que cayó allí, como un rayo, hace cincuenta años —explicó Sam—. Y que destrozó su castillo hasta convertirlo en ruinas, y que todos desaparecieron. Desde luego, nosotros no podíamos verlos, no hasta que encontré el hacha.

—¡Uyyyy! —Septimus soltó un prolongado silbido de asombro, seguido de una mirada artera a ambos lados—. ¿Te lo han agradecido?

¿Te han obsequiado con un presente? ¿Con oro? ¿Te han concedido un deseo? ¿Te han entregado un brebaje que no se acaba nunca?

Sam se encogió de hombros.

—Me han dado una moneda de plata. Pero se fundió en cuanto pusimos un pie en la orilla.

—¡Ja! —el enano soltó una carcajada—. ¡Qué típico! —se burló, enfundó el hacha en su cartuchera y a continuación le propinó una palmada de cariño—. Qué escurridizos y extraños son esos elfos. No como los enanos. Fuertes como el acero; así somos nosotros. ¡Sí, señorita! —De una patada abrió una puerta en el tronco de un sauce y desapareció tras cerrarla con tanta fuerza que el ruido sacó al oso de su sueño.

—¡Uf! —se desperezó Beezer, que primero abrió un ojo y después el otro—. Soñar que escuchaba a Septimus. —Se frotó las orejas y el hocico, y miró al río sin la isla—. ¿Qué? ¿Qué haber pasado? —preguntó, y se puso en pie, presa del pánico—. ¡No isla! ¡Isla ida! Pero Beezer tiene cuerda... ¿A dónde ir pequeña isla?

Prune suspiró.

—Se ha alejado flotando. No importa. No hemos encontrado la valiosa espada.

El oso volvió a frotarse el hocico.

—Beezer sentir. —Y tras estas palabras empezó a lamentarse—. Beezer no contento. Entonces... ¿ahora nosotros ir en busca de miel? Deber hacer que a Septimus Sprockit gustar otra vez Beezer.

¡PUM!

La puerta en el sauce volvió a abrirse de golpe, y el enano se asomó por ella, con la cara tan congestionada como cuando Sam y Prune se lo encontraron por primera vez.

—¿No contento? ¿NO
CONTENTO? ¿Y cómo crees tú
que me sentí yo, incordio de oso
llorica y lastimero, cuando dejaste

caer aquella rama sobre mi cabeza? ¿CUÁNDO
serás capaz de hacer algo a derechas? No tengo
más tiempo para ti; no, no lo tengo…

—¡Solo un minuto! —rogó Sam, que se
había interpuesto entre Beezer y el enano
cascarrabias y que, aunque temblaba en su

interior, hacía un considerable esfuerzo por parecer valiente y aguerrido.

Prune miró con gesto serio a Septimus, y se situó a su lado.

—Te equivocas, señor Sprockit. —Sam intentaba que no se le quebrase la voz—. De no haber sido por Beezer, nunca habrías recuperado tu hacha. Fue Beezer el que nadó hasta atrapar la isla… —La voz de Sam se fue apagando hasta quedar en silencio.

El rostro del enano fue cambiando súbita y constantemente de color: del púrpura al rojo, de ahí otra vez al púrpura, y por último de nuevo al rojo.

—¡Oh, vivas, brutas, blandas burbujas! —canturreaba Septimus Sprockit al tiempo que giraba sobre sí mismo, daba pisotones y se tiraba de la barba—. ¡Por Wittlespit! ¿Qué debe hacer un enano en estos casos? —decía, sin dejar de moverse en círculos, de llenar de aire sus mejillas y de resoplar cada vez con más fuerza.

Sam y Prune no le quitaban ojo. ¿Explotaría?

—¡Oh, latosos, latosos, LATOSOS osos! —exclamó el enano, para después callarse y dirigir una mirada fulminante a Beezer—. Los enanos nunca dan las gracias. ¡Nunca, nunca, nunca! Pero si lo hicieran…, repito, SI lo hicieran —algo que no hacen— entonces el señor Septimus Sprockit las daría. Y si quieres recuperar tu trabajo, oso Beezer, tuyo es… pero ¡NADA DE TREPAR A LOS ÁRBOLES CUANDO YO ESTÉ DEBAJO! ¿Comprendido?

Beezer dejó escapar una risa nerviosa y no pudo ocultar un gesto de satisfacción en su rostro pardo y peludo.

—¡Sí, señor Sprockit! Beezer promete. Beezer hace lo que señor Sprockit dice. Beezer ser oso bueno y leal por siempre jamás.

—En tal caso, te encomendaré una tarea para que la lleves a cabo de inmediato. Debes bajar de un salto al tercer cuarto a la derecha; quiero que vayas a buscar para mí una cesta que hay encima de la mesa. —En la voz de Septimus había un tono severo, pero Sam y Prune vieron cómo les guiñaba un ojo cuando saludó desde la puerta del sauce.

El oso Beezer se marchó. Mientras esperaba, Septimus se recostó sobre el tronco del árbol y miró a Sam y a Prune.

—¡Veamos, señor aprendiz caballero y señorita fiel compañera! Primero rescatáis a un viejo enano tonto, después liberáis una isla habitada por molestos elfos de la maldición del acero y, más tarde, ¡rayos, truenos y centellas!, devolvéis a su legítimo dueño un hacha de

acero de doble hoja que llevaba una infinidad
de años extraviada; de modo que solo os queda
hacer extremadamente feliz a un oso bobalicón.
¿Cuál, si me permitís la pregunta, será vuestro
siguiente paso? ¿Todavía os guardáis en la manga
alguna buena acción más? ¡Os lo deberíais tomar
con calma o acabaréis exhaustos!

Sam y Prune se miraron estupefactos, pero antes de que les diera tiempo a contestar, Beezer llegó, casi sin resuello, con un gran cesto en los brazos.

—¡Aquí tienes, señor Sprockit!

—Bien. —El enano tomó la cesta y la abrió—. Esto es para ti, señorita fiel compañera —anunció, y le entregó a Prune un gran ramo de flores silvestres—. Veintisiete variedades diferentes. Tu madre quedará impresionada. Y para ti, señor aprendiz de caballero… —Septimus Sprockit hizo una reverencia ante Sam, que no salía de su asombro—: una valiosa espada.

Cuando abandonaron el bosque, Prune, que sorprendentemente llevaba callada un buen rato, dijo:

—Sam… me estaba preguntando… ¿cómo sabía Septimus que nos hacían falta unas flores silvestres?

Sam, con su espada plateada y reluciente bien atada a su montura, se encogió de hombros y respondió:

—No lo sé.

El pájaro garabato, posado sobre el hombro de Sam, apostilló con seguridad:

—¡CROO!

—¿De veras? —Sam contempló los árboles—. Así que las puertas están por todas partes...

—Pero cuando hablamos de mamá estábamos en el establo —replicó Prune—. No en el bosque.

El pájaro garabato insistió:

—¡CROO!

—¿En el techo? —tradujo Sam—. ¡Claro: el techo es de madera…!

—¡Vaya! —Prune palmeó el cuello de su poni Weebles—. Qué más da. Tienes tu valiosa espada, Sam. ¿Qué crees que dirá mañana el pergamino?

Sam, que estaba tan feliz que apenas podía pronunciar palabra, esbozó una enorme sonrisa y respondió:

—¿Quién sabe? Hoy hemos hecho un BUEN TRABAJO, ¿no es cierto? Al final…

Prune se rio de él.

—¡Elfos, un enano, un oso… y UN MONTÓN de buenas acciones!

—¡CROO! —dijo el pájaro garabato, y con su ala acarició la mejilla de Sam—. ¡CROO!

Me da a mí que hoy, por mucho que lo intente, no voy a conseguir dormirme.

Tengo una fiel compañera, un corcel blanco como la nieve ¡y una valiosa espada! Ahora sí que voy camino de convertirme en un noble caballero.

Me pregunto qué será lo próximo que nos desvele el pergamino... Prune lo ha dejado escondido en el establo. Me ha parecido un buen escondrijo. A nuestro regreso, la tía Egg parecía sospechar, ¡pero en cuanto vio las flores se quedó ENCANTADÍSIMA! Parece ser que una de ellas es una variedad de campanilla muy rara, o algo por el estilo.

Quiere que le digamos dónde la hemos encontrado para ir a por más. Prune cree que podría ser una BUENA EXCUSA para cuando queramos salir.

Una fiel compañera, un corcel blanco como la nieve y una valiosa espada...

¡Guauuu!